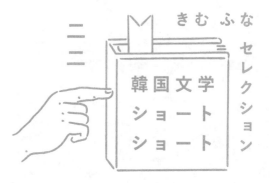

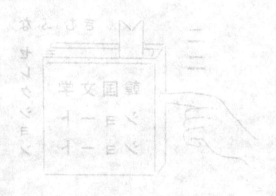

夏にあたしたちが食べるもの

ソン・ジヒョン 著

金子博昭 訳

一

　おばが電話をかけてきて、ひと月後にヨーロッパ旅行に行く予定だと言ったとき、あたしはヒューマンゴシウォンのベッドに寝そべっていた。部屋には幸い窓があり、借りていた部屋の契約期間が満了し、新しい部屋を探すまで、ほんのいっとき寝泊まりするつもりだったけれど、コシウォンという単語には「そこまで堕ちたか」との凄まじいインパクトがあった。周りの人たちがしきりにあたしを呼び出し、ご飯やお酒をおごってくれた。ご馳走になったあと夜明け前のコシウォンの廊下をそうっと歩くと

「ヒューマンゴシウォン」のうち「マンゴ」の文字が窓に左右逆に貼られていた。

*1【ヒューマンゴシウォン】「ヒューモン」は英語のhumanの韓国での発音。「コシウォン」は簡易宿泊施設の一種であり、室料が安い代わりに部屋が狭く環境が劣悪な場合が多い。「コシウォン」の語頭音は、語中に入ると濁音化して「ゴシウォン」となる。

〇〇三

きは、ほんのいっとき、ということにどれだけ安堵できたか知れない。そんな日は誰でもいいからつかまえて訊いてみたかった。いかがでしょう、あたしたちみんな、ほんのいっとき、こんな場所で暮らしてみたっていいですよね、ヒューマン？[*2]

とはいえ、実はコシウォンとそんなに変わらないくらいの部屋しか借りられそうもなくて、少し悲しかった。だから、その日は誰ともアポを取らず、ただベッドに横になって「マンゴ」だけを眺めていたのだった。「遠いところ」じゃなく「マンゴ」なんて。窓が薄いせいかエアコンをつけても全然涼しくならず、ああ、ここから出たいな、でも「ここ」ってコシウォン？　それともソウル？　あたしが出たいと思っているところって本当はどこ？　そんなことを思っていたときだった。

スマホの向こうでおばがだしぬけに言った。

──ねえ、わたしが旅行に出かけている間、うちの編み物店の店番しててちょうだい。

──そんなこと、できるわけないでしょ。

──決まった時間に開けておくだけでいいから。

〇〇四

——お客さんに何か訊かれたらどうすんの。
——みんな上手な人ばかりよ。勝手に編み物しておしゃべりしているだけだから。
——ちょっと考えさせて。
　電話を切ってひとりで悩んでいると、もうどうしたらいいかわからなくなって、高校時代の同級生のbを呼び出した。bは少し遠くに住んでいたので、あたしは約束したビアホールに先に行って座っていた。おつまみもインテリアもありきたりだけど、ジョッキを凍らせて出してくれるのが気に入ってよく来る店だった。ビールとスルメを注文して飲んでいると、bがやってきた。スーツ姿の彼は、スルメを見るなりけちをつけた。
——ビアホールでスルメを頼むなんて、カネがもったいない。
——だからって家でスルメなんて食べないじゃない。
　彼はちょっと考え込んでから答えた。
——そりゃそうだ。

＊2【ヒューマン？】　変わった行動をする相手を揶揄するときに用いる流行表現。

〇〇五

そりゃそうだと言いながら、bは揚げ物の盛り合わせを頼んだ。うん、揚げ物もいいね。考えてみると、人がおつまみを選ぶ基準って何だろう？　大抵のおつまみは無難でおいしい。何かを選ぶということは、その対象が選択されるということ。つまみでさえ選択されているのに、あたしだけ外されていってる感じ。つまり、あたしはスルメか。揚げ物やチゲはコスパがよくて味も庶民的だから選ばれやすいけど、スルメは、おカネがもったいないってことに気づけない、あたしみたいな人生だ、と思いながらスルメの胴体を嚙んだ。するとbが言った。

　――平日にどうした？
　――うん、ちょっと。
　――まさか、平日って知らなかった？
　――そう言われてみるとね。
　彼はあたしを横目で見ると、あ、ビール頼むの忘れてたと言った。あたしは大声でビールを注文してあげた。そして訊いた。
　――平日にスーツ？

〇〇六

――面接だったんだ。
――何の面接？
――先輩の会社でデザイナーのポストが空いたって。
――今までやってきた活動は？
――……それは……、あとでもできると思うから。
――何よ、そんなに辛そうに言わないで。カッコ悪いよ。
 あたしたちは笑い、彼の入社を祈って乾杯した。けれど、あたしは内心、彼が就職よりこれまでの活動を続けることを願っていた。そんな気持ちがバレないようにビールを立て続けにあおっていると、いつものとおり酔っ払ってしまい、飲み屋を出て飴売り屋台の前で客寄せ踊りをしようとしたところをbに止められた。そして暗転。

 二

 それで、という接続詞が好きだ。なぜか、それで、と言うとすべて話の脈絡が合うような気がする。あまり興味の湧かない話題でも、それで？と聞き返すとちゃんと

〇〇七

聴いているという姿勢にも見せられる。だから、bはあたしが、それで？　と聞くと自分の話に興味がないということにすぐに気づく。bはあたしを知りすぎている。だから死んでもらわないと困る、とbに言ったこともある。これっぽっちの恨みもないのに、あたしはそんな言葉をよく使う。ホントに殺したい人たちは別にいる。人を殺して自分の身を滅ぼしてしまう悪夢をよく見る。夢の中のあたしは、些細な失敗から人を殺してしまう。恨みからでも憎しみからでもない。そんな失敗で人生を棒に振るわけにもいかず、あたしは死体を遺棄する。でも、結局真実は暴かれるもの。そんな悪夢から目を覚ますと心からほっとする。人生を棒に振らなくてよかった……。けど、本当に棒に振ってない？　それはともかく。

それで、あたしはヒューマンゴシウォンでの生活を畳み、編み物店の仕事を早めに覚えておくことも兼ねて、故郷に戻ることにしたのだった。

　　　　三

おばの編み物店は、昔ながらの市場の長い路地に面した小さな店だ。左側には元祖

〇〇八

ソモリクッパ屋が、右側には伝統寝具店があって、元祖ソモリクッパ屋のクッパはおいしくて、伝統寝具店のふとんは田舎じみている。元祖ソモリクッパ屋の欠点は、豚の頭をたらいに入れて入口に置いているということだ。ソモリクッパ屋なのになぜ牛でなく豚の頭なのか、という疑問はともかく、入口で薄笑いしている豚の屍の脇を通り過ぎると、一瞬食欲が失せるのだった。でも、そのソモリクッパをひとさじ掬えばあっという間に食欲は戻り、さっき見た豚のことなんてどうでもよくなってしまう。

伝統寝具店の方は、主な客層はこの市場の関係者ばかりで、おばの家にも薄緑のラッフルの夏掛けと、大きな花柄が入った紫のマイクロファイバー素材の掛ふとんがあった。子供のころはそれを掛けて、おばさんの家はほんのいっとき過ごすだけの場所で、いつかあたしも自分好みのふとんばかりを積んでおく自分の家に暮らすんだと思っていたのに……。

あたしが着くとすぐ、おばは市場を歩き回ってあたしを紹介した。この子がうちの娘さ、うん、わたしが育てたんだからわたしの娘さ。この子、音楽やってて、アル

＊3【ソモリクッパ】牛頭の骨で煮出したスープに、野菜などを煮込みご飯と混ぜて食べる料理。

〇〇九

バムも出したんだよ。何ていうアルバムだっけ、まあYouTubeで検索してみてよ。と、こんな風だった。あたしはおばの隣でぺこぺこ頭を下げて、YouTubeにはあんまり出てないんですよ、Melonで聴けますよ、でも聴かなくても……、え、サイン? はは、何の役にも立たないのに……、と繰り返していた。こうして、総菜屋、魚屋、靴屋にあたしのサインが掲げられた。

おばはあたしを連れ回しながら、鯖と豆もやし、チルゲの炒めものを買った。あたしに靴を買おうとしたのは必死に止めた。靴のデザインが、どれも時代の先を行きすぎているか遅れすぎていたからだ。おば が、店を早仕舞いして家で夕ごはんを食べようと言った。メニューは鯖のキムチ蒸しと豆もやし炒め、そしてチルゲ炒め。おばが言った。

——あんた、チルゲ炒め、好きだったよねえ。

——あたしが?

——毎日弁当に入れてって言ってたじゃないか。

本当だった。一度、おばが弁当のおかずにチルゲ炒めを入れたことがあり、それがその日、学校でセンセーショナルな人気となった。ほとんどの子供たちにとって、あ

んな小さな蟹は初めてで、蟹を丸ごと嚙んで食べるのも珍しかった。見た目には不気味な蟹を嚙んで飲み込むという、ある種の達成感も一役買ったと思う。その後、何度もおばにあのおかずを入れてくれとねだった。でも、子供たちの人気は長続きすることなく他のメニューに移り、そもそもあたしはチルゲが好きではなかった。それをおばには言わなかったみたいだけど。

あたしが店の出入口の近くに座ってその話をしている間、おばは店内を整理していた。店の三方の壁際には色とりどりの毛糸が天井まで積まれていて、真ん中には寝転がることもできそうな大きな平台があった。平台の上には小さな座卓があり、さまざまな針や糸切ばさみが入ったトレイと帳簿が置いてあった。あたしは帳簿をめくりながら言った。

——おばさんが旅行に行ったら、あたしが糸の注文もしなきゃならないんじゃな

＊4【Melon】 韓国の代表的な音楽配信サービス。
＊5【チルゲ】 日本や韓国の干潟などに生息する小型の蟹で、和名はヤマトオサガニ（大和長蟹）。韓国では地方により食用とされる。

〇一一

——最近はみんなネットで買ってるよ。
——じゃあ、ここでは何を買うの？
——たまにはここで買う人もいるさ。
　おばは小型掃除機で床に落ちた糸をざっと片付け、店の戸締まり方法を教えてくれた。シャッターには小鳥の形をした穴が一定の間隔で並んでいた。
——シャッター、かわいい。
——まだ新しいんだ。
——毛糸泥棒が入る？
——うん。でも、しっかり戸締まりしておいた方が安心だから。

　　　　四

　おばはヤンニョム〔合わせ調味料〕で味付けした鯖を、ちょっと珍しい形の電気蒸し器で蒸した。

〇一二

──また買ったの？
──うん、その本見てごらん。ずいぶんいろんなものが作れるんだ。

そばにあった黒い表紙の説明書を取り上げた。確かにそこに出ている料理はずいぶんいろんなものがあったが、実際にはみんなオーブンのようなものが必要だった。ざっと斜め読みして、

──エアフライヤー、買った方がよかったのに。

と言うと、おばは機嫌を悪くした。あたしはごはんの間じゅう、蒸し鯖ホントおいしいね、編み物店をやめて定食屋をやってもいいくらい、などと言った。あんな蒸し器で蒸し鯖を出そうとすると二十五分もかかって、お腹をすかせた客はみんな怒って出ていくような気はしたけれど。

夕ごはんをお腹いっぱい食べたあと、リビングで横になった。おばがあと片付けをしようとするので、あたしがあとでするからそのままにしておいてと言った。すると、おばもあたしの隣に寝そべった。テレビのチャンネルをあれこれ替えても面白そうな番組がなかったので、おばにリモコンを渡した。おばが選んだのは通販チャンネル。司会のショーホストが、ゲストと一緒に顔にファンデーションを塗っていた。

〇一三

——ひとつ買ってあげようか？
おばがあたしに背を向けたまま訊いた。
——いらない。最近は化粧しないのが普通だよ。
——そんな普通がどこにあるのさ。きれいにしてなきゃ。
——あたし、きれいじゃない？
——……ちょっと老けたね。
——三十越えたんだから老けるよ。
ずっと子供みたいだったらいいんだけど。
あたしは、後ろからおばを抱き締めて背中に顔をうずめた。
——おばさん、あたしソウルに戻るのやめておばさんと暮らそうか？
——気味悪いこと言わないで。もう音楽はやらないの？
そのあと、あたしたちはお互い何も言わず、ショーホストの言葉だけを黙って聞いていた。

五

目覚めると、ふとんが掛かっていた。隣の伝統寝具店で買ったものに違いない。デザインはあんまりだけど、ふんわりして肌触りがいい。起き上がってリビングのカーテンを開けた。初めて見る植物がベランダにたくさんあり、天井まで伸びている木もあった。おばばは何でこんなにいろんなものを育てているんだろう。あたしが子供だったころは、犬も一匹飼っていた。マルチーズで、チョロンイ*6というありふれた名前で呼んでいた。チョロンイは神経質で、小さな物音にもよく吠えた。あのころは今みたいに犬の飼い方なんて簡単に調べることができなくて、チョロンイをちゃんと飼ってあげられなかった。チョロンイは子宮蓄膿症を患って死んだ。

キッチンはきれいに片付けられていた。テーブルに一万ウォン札とメモが置かれていて、メモには『あんたを信じたわたしが馬鹿だったねぇ』と書かれていた。あたしはそれを半分に折って、一万ウォン札と一緒に財布に入れた。洗面と歯磨きをざっと

*6【チョロンイ】 きらきらした目、澄んだ瞳などのイメージ。

済ませて外に出てみると、暑かった。こんな暑い日に一万ウォンで何をしよう、そう思って、まずは母校に向かって歩き出した。小学校と中学校は隣同士で、高校は少し遠くにあるので、小学校の方に向かって歩いた。

bから『来週から出勤』というメッセージが来た。『おごって！』と返信すると、向こうからはソウルにいつ戻るかと訊いてきた。急に腹が立って、『戻らない』と返信しようとしてやめた。なぜ腹が立つのかわからない。息をはずませ歩いていると、いつの間にか小学校のグラウンドに着いた。グラウンドを横切って鉄棒の方へ向かった。地面にスマホと財布を置いて、鉄棒にぶら下がった。子供のころ、体力テストの鉄棒種目では男の子は懸垂を、女の子はぶら下がりをした。あのころはぶら下がりが全然辛いと思わず、クラスの新記録を作るくらいにぶらぶらとぶら下がっていた。今は、何よりも手がすべってぶら下がるのがしんどい。手汗をたくさんかいてしまうのか、それとも握力が足りないのか。体を回転させて鉄棒に足を掛け、逆さまにぶら下がってみた。逆さまにぶら下がる方が楽だった。そのまま辺りを見回していると、青年モール*7という文字が逆さまに見えた。鉄棒から下りて、スマホと財布を持つと学校を出た。

〇一六

青年モール[*7]の一階には、ヌルボム皮革工房と一〇二サロン、それにハットグ屋があった。一〇二サロンはアロマキャンドルを作る店だった。中に入ってみると、思ったよりさまざまな形のキャンドルが気に入った。店の隅に一日レッスンの日程が書かれていたけど、全部昼間の開催だった。店主にぺこりと頭を下げて外に出た。ヌルボム皮革工房も見てみようと思ったけど、何となくハットグ屋に入った。ハットグ屋の店名は、そのまんまの「ハットグ屋」だった。オリジナル二千五百ウォン、チリハットグ三千ウォン、ビッグサイズ四千ウォンなど無難な価格。店主と思しき男の人は、あたしと同年代に見えた。

──オリジナル、ひとつください。
──揚げ直しますね。

店主は並んでいたハットグの中からひとつを選んでフライヤーに入れると、揚げに

＊7【青年モール(チョンニョン)】 若手経営者育成や町おこしなどを目的に、空き店舗での開業を自治体や経済団体が支援するチャレンジショップが集まる空間。

集中した。すごく真剣そうで、眉間にしわまで寄せていた。揚げ終わるとあたしに訊いた。
　──砂糖に転がしましょうか。
　──いえ、そのままで。
　砂糖に転がすという言い回しがおかしくて、ちょっと笑ってしまった。ハットグを砂糖に転がして食べる人もいるのか。店主はハットグに丹念にケチャップとマスタードをかけて差し出した。それを受け取って出ていこうとするあたしの背に向かって、声をかけた。
　──クーポン、いりませんか？
　いらない、と答えて青年モールを出た。ここってもともとどんな建物だったっけ、と思いながらハットグを一口食べた。平凡な味で、暑さのせいもあってかなおさらイマイチだった。これで売れるんだろうか、ちょっと考え込んだけど、あたしの店ではない。また何となく歩き始め、せっかくだから高校まで行ってみようと思った。歩いている途中でCDを初めて買った店を通り過ぎた。看板は以前と変わらないけど、もうCDを売っている感じはない。ギターのレッスンを受けた教室もなくなったようだ。

〇一八

ファーストキスをした公園も通ったけど、その瞬間のことはありありと覚えているのに、相手が誰だったか全然思い出せない。bに尋ねてみたら、真っ昼間から何言ってんだと返された。ハットグのペーパートレイをその辺のごみ箱に捨て、やがて高校に着いた。学校には新しい建物がひとつできていた。建物の外側にはかなり長い階段がついていて、素敵なデザインだなと思った。学校の周りを一周して家に戻った。

六

 翌日、おばと一緒に編み物店に出勤した。おばはあたしにかぎ針を持たせると、鎖編みを教えてくれた。これが基本中の基本で、自分の身長くらいの長さに編んでみろと言われたけど、簡単ではなかった。糸は指にしっかり掛けても外れてしまい、かぎ針は力を入れて回して引き抜こうとしても、全然思いどおりにならなかった。あたしは、針と糸を置いて平台の上で横になった。おばがアクリルたわしを編みながら言った。
 ——力を抜いてごらん。

——抜いてみてもダメ。あんたが力を抜けば糸も力が抜けるんだよ。
　——それが思いどおりにならないんだって。
　——糸が指から外れてもいいって思うくらいの力で持ってごらん。そうすると糸が自然と緩むから。その緩んだところに針を通せばいい。
　——⋯⋯。
　——指に力を入れるから通らないんだよ。適当にやってみな。
　おばはそう言っている間もずっと針と糸を動かして、あっという間にいちごの形のアクリルたわしをひとつ完成させた。続けていちごをもういくつか作ったかと思うと、オレンジとすいかの形のたわしも作った。ものすごいスピードだ。
　——たわしは店の前に並べて、一個千五百ウォンで売るんだよ。
　——売り物だったの？　何のために作るのさ。
　——もちろん、何のために作るのか。すべて売るために作られるのに、売れないのは問題があるからじゃないか。せっかくこんな時代に生まれたのだから、売れるもの

〇二〇

を作る能力があったらよかったのに。能力の問題だけでもないような気もする。何て言うか、眼目というのか選択というのか、そんな素質がもともと備わっていないような気がしてきた。失敗し続ける投資家のように、市場性がないものばかりに自分を追い込んでいく眼目。失敗するだろうとわかっていながら、他の選択肢ではなく同じ選択を繰り返してしまう人間。

　――売れるの？
　――思ったよりはね。
　おばはあたしとは違う人間のようだ。ちょうど客が来たので、あたしは編み物の練習をやめて店から出ていった。市場の端からもう一ブロック歩くと、昨日の青年モールが見えた。ここまで来ると、眉間にしわを寄せてハットグを揚げるのに没頭していたあの店の店主になぜか会いたくなった。これで売れるのかと思うくらい、予想どおりの味のハットグ。それをもう一度食べたくなった。

　ハットグを買って戻ると、おばは、子供みたいにこんなもの食べて、なんて言いながらも自分の分はしっかり食べた。今日はチリハットグを買ってみたけど、オリジナ

ルよりはややまました。ちょっと個性が感じられたというか。
――おいしい？
――買ってきてくれたから食べてるだけだよ。こんなのはあんまり好きじゃない。
――これ、売れるかな？
――こういうのは場所が大事じゃないかな。
――青年モールで買ったんだけど。
――あそこは場所があんまりだね。
――小学校の前なのに？
――これ、いくらだった？
――三千ウォン。
――小学生が三千ウォンなんて買わないよ。すぐそこのドーナツが十個千ウォンなのに。
――じゃあ、つぶれちゃうね。
――すぐつぶれるね。
 ハットグのペーパートレイをごみ箱に捨てた。そのあとも鎖編みに挑戦したが、結

局投げ出した。

　　七

　bがYouTubeに出演することになったとメッセージを送ってきた。会社が作るYouTubeのコンテンツで、社員が順番に一回ずつ出るらしい。あたしのアルバムの宣伝をしようかと訊かれ、五年も前に出したものを今さら何、と返信すると、bから電話がかかってきた。
　──勤務中じゃないの？
　──屋上にタバコ吸いに来たんだ。何してる？
　──別に……。おばさんの店。
　──場所訊いてるんじゃなくて、何してるのかって。
　──ハッグ食べて、編み物習ってる。
　──店、継ぐの？
　──まさか。

——おまえがソウルにいないから、一緒に酒を飲む相手がいないよ。

——甘えるな。

——戻るまであと一ヵ月以上かかるだろ？

——永遠に戻らないかもしれないし。

——まさか。今度の週末、遊びに行っていいか？

——来ないで。

 電話を切ると、おばが誰かと訊いた。ｂだと答えると、うれしそうだった。おばはｂの話になると、付き合っているのかとか結婚しろとか騒ぎ出す。そんなことはないと何度言っても、自分が孫の面倒を見るなどとすごく先走ったことを言った。一瞬、ｂに似た子供を産む想像をしてしまい、気持ちが悪くて鳥肌が立った。
 アクリルたわしを手に、いくらですかと尋ねる声が店先から聞こえた。出てみると、ハットグ屋の店主がいちごの形のたわしを持って立っていた。

——千五百ウォンです。

 彼は財布から現金を出して渡そうとした瞬間、あたしの顔を見て動きを止めた。

——あ……、クーポン……。

〇二四

店主かと尋ねられ、あたしはおばの店だと答えた。たわしを持ったまま立ち尽くしていた彼に、中に入るかと訊いてしまい、断るだろうとためらいなく入ってきた。おばが、

——知り合い？

と訊くので、

——ハットグ屋の……。

と答えかけると、あら〜とてもおいしいハットグでしたよ、と空々しいお世辞を言った。彼はゆっくりと店内を見回した。そしていきなり、たわしを作るのにどれくらい時間がかかるのかと訊いた。おばが、基本さえ覚えればすぐに作れると答えると、今度は受講料を尋ねた。

——受講料はなくて、毛糸さえ買ってくれれば教えますよ。

その返事を聞くと、ハットグ屋の店主は迷わず紫の糸を買ってその場に座った。彼がそうして座っていると、なぜかあたしも一緒に編み物をしなければならないような気がして、隣に座った。彼は最初のうちは何度か戸惑っていたけど、すぐにうまくなった。おばは彼に、自分の身長くらいの長さに鎖を編んも鎖編みから習い始めた。

〇二五

でみて、と言ったあと、それはちょっと長すぎるからこの子の身長くらいに編んでみて、とあたしを指差して言い直した。彼は、すぐにあたしの身長くらいの鎖を編んでおばに見せた。そうこうしている間に、あたしも手から力を抜く感覚がわかるようになり、不思議なほど針が糸の緩んだところを通るようになった。きつめに編まないのがコツだな、とひとりで頷き、結局それっておばが言っていたこととおんなじだと気づいて、ちょっと笑ってしまった。

——よく、笑うんですね。

彼が言い、あたしは何か見透かされたような気持ちになって俯いた。

八

その後も彼はおばの店に来るようになった。あたしも一日に一回はハットグを買いに行った。彼はあたしより三つ年上で、ソウルでサラリーマンをしたあと、ハットグ屋をやろうと故郷のこの街に戻ってきた。戻ってきたことを説明するときは、話し方に力がこもっていた。二人とも同じ地域に暮らし同じ中学を卒業したけれど、学年が

重なることはなく他の学年に知り合いもいなかったので、それ以上のつながりは見つからなかった。彼は、ハットグより編み物の方に才能があるんじゃないかと思うくらい覚えが早く、数日でアクリルたわしを編めるくらいになった。

ある日、彼の店の折りたたみいすに座って、ハットグを食べながら訊いた。

——恐くなかったですか？　戻ってくるとき。

あたしも、なぜか力をこめて話しかけていた。

——戻ってくるとき恐かったというよりは……。

彼は言葉を選んでいた。

——戻れないんじゃないかと思って、それがずっと恐かったような気がします。

口の中でハットグをもぐもぐさせながら、あたしはその言葉を嚙みしめた。真昼の青年モールは閑散としていた。

九

衣装ケースを整理していたら、子供のころにおばが編んでくれた緑色のセーターが

出てきた。おばはセーターをいつも「セエタア」と昔風に発音していた。仕事を終えて帰宅したおばにそれを見せると、おばは新しいセエタアをひとつ編んでやろう、後ろ向きに座ってみて、と言った。メジャーをあたしの背中に当てて、肩と腰、腕のサイズを測った。メジャーが首元に触れると、くすぐったくて肩を精一杯上げた。おばはそれに構わず、続けざまにメモ用紙に数字を書き込むと、部屋から緑色の毛糸を持ってきてすぐに編み始めた。棒針が動く音に耳を傾けていると、なぜか雪を踏むときの音と似ていると思った。

——おばさん、こんなに暑いのにセーター？
——思いついたときに編まないとね。今まではサイズもわからなかったし。

衣装ケースの整理の続きをした。二十歳のころに着ていた服は、流行遅れのようで最先端をいっていた。特にGUESSのブーツカットパンツを捨てるのは、正直ちょっともったいなかった。ブーツカットのトレンドが戻ってきたからだ。絶対に戻らないだろうと思ったものが戻ってきた。丈が腰の中ほどまであったボレロは、幸い流行が戻ってないので気持ちよく捨てることができた。ひとしきり残す服と捨てる服を分けていると、ハットグ屋の店主からメッセージが来た。

『お店、閉めましたか?』
『ええ、そちらはまだですか?』
『はい、ハットグ食べに来てください』
 タダですよ、というメッセージを追加で送ってきた。あたしはおばに、ちょっと出かけてくると言った。

 夕方なのにまだ暑かった。今日は市場を通り抜けて歩いた。夜の市場が一番好きだ。きらきら輝く灯りの下では何でもおいしそうに見えたし、みんな必要な物に見えた。次に好きなのは早朝の市場。静けさの中、お店のシャッターが上がったり、露店のテントが開いたりする様子を見るのが好きだ。
 ハットグ屋以外の一階の店は、もう全部閉まっていた。冷蔵庫の整理をしていた彼の背中に向かって声をかけた。
 ——来ましたよ。
 ——あ、材料片付けちゃった。
 ——何です? 来いって言っておいて。

〇二九

——ああ……。
　彼はちょっと困ったように立っていたが、冷蔵庫に残りの材料を片付けると言った。
——じゃあ、一緒に夕ごはん食べませんか。

十

　あたしたちはソモリクッパを食べた。暑くないかと彼から訊かれたので、食べたあとお店の外に出るととても涼しくなりますよと答えた。クッパを食べながら、初めてお互いの名前を知った。考えてみれば、同じ街の出身だからと名乗りもせずに出身校から聞くなんて、その上ソモリクッパだなんて、ホントに韓国人らしいとあたしが言うと、彼は声を出さずに笑った。
——よく、笑うんですね。
　あたしがそう言うと、今度は下を向いて声を出して笑った。クッパを食べてたっぷり汗をかき、外に出てみると、思ったとおり涼しくなった。涼しくないですかって訊くと、彼は答える代わりにハンディファンを取り出した。

〇三〇

彼の家は、おばの家からそう遠くなかった。あたしたちは市場に沿って一緒に歩いた。市場の中ほどに、なぜか哲学館の看板が立てられていて、それをじっと眺めた。看板には「ヒョンジン哲学館（旧）ヒョンモ哲学館　命名・相性・運勢」と書かれていた。それを見てあたしが言った。
——哲学館の店主が、自分の運勢を見て哲学館の名前を変えたんでしょうか。
——そうなんでしょうね。僕の名前も哲学館でつけてもらったんですよ。
——あたしもですよ。あたしは名前が三つあったんです。
——ええ？
——もともと戸籍に載っていた名前はミファで、家で呼ばれていた名前はミジョンで、哲学館でつけてくれた名前がミジュなんです。
——へえ、ミファだったミジュさんって想像つきませんね。どの名前にも美の字が入るんですね。
——きれいになれってこと。生まれたときかわいくなかったから。

*8【哲学館】四柱推命などの占術を使って運勢などを占う所。

〇三一

彼は何も答えなかった。普通だったら、今はきれいなのにとか、子供のときかわいくなかった人は大きくなるとどうとか、そんな風に言うところなのに。歩きながら何か考え込んでいた彼は、急に思い出したように言った。
——おばさんから、音楽をやっているって聞きましたけど。
これを説明するのが一番嫌だ。
——バンドやってたんですけど、全然売れなくてしょうがなくやめちゃいました。
——検索して聴いてみてもいいですか？
——いいも悪いもないでしょう。
——でも、黙って聴いたら失礼かなと思って。
——すぐには見つかりませんよ。タイトルで検索しないと。あたしは曲のタイトルをいくつか教えてあげた。
——ミジュさんが歌っているんですか？
——ええ。
——再来週から週末に夜市祭りが開かれるんですけど、のど自慢大会もあるらしいです。ミジュさんも出てみたら。

にやにや笑いながら言うので、本気で言っているんじゃないことはわかった。

——そうしようかな。賞金あります？

——夜市のクーポンが出るって。

——それもらったらご馳走しますよ。

しょうもない冗談を言い合いながら歩いていると、分かれ道になった。彼は米屋がある路地へ、あたしはビアホールがある路地へ歩き、手を振って別れた。家に着くと、彼からメッセージが来ていた。

『ミジュさん、唐辛子粉』

洗面台に走って鏡を見ると、なるほど前歯に大きな唐辛子粉が挟まっていた。

十一

ｂの就職と友達の誕生日祝いを兼ねて、パーティーを開くことになった。二人へのプレゼントとして、一〇二サロンでお祈りする手の形をしたアロマキャンドルを、ヌルボム皮革工房で褐色のカードケースを、それぞれ二個ずつ買った。

〇三三

——ハットグはプレゼントにはできないですね。

そう言いながらソウルにちょっと行ってくることを告げると、彼はあたしにハットグを渡して、

——プレゼント。

と言った。

十二

他の仲間たちが少し遅れたので、bとあたしが先に会った。bの端正な服装がぎこちなく見えた。デザイナーにも服装の決まりがあるのかと訊くと、慣れるまでちょっと空気を読もうと思ってとのことだった。真夏にロングの綿ズボンとシャツを着ているのをからかい、あたしたちもう若くないんだねと言うと、bはあたしをじっと見て言った。

——ちょっと太った？

——うん。

〇三四

——感じいいよ。
——毎日ハットグ食べてたから。
——なんでハットグを?
　あたしはハットグ屋の店主と知り合いになったいきさつを話した。
　bは
——いつの間にか変なやつと仲良くなって……。おまえらしいな。
と言い、それっきりもうあたしに話しかけてくることはなかった。
　あたしはスルメを注文し、誕生日を迎えた友達は結婚式の招待状を持って現れた。彼女はアルコールでなくコーラを注文し、あたしたちはケーキにキャンドルを三回も挿してお祝いをした。一回目はbの就職を、二回目は友達の誕生日を、最後に彼女の結婚と妊娠を。
　仲間たちと会うと、依然として変わらないこと、すごく変わったことの両方を同時に知ることになる。たとえば、bは相変わらず大声でビールの注文をするのが苦手で、
　それぞれの近況について話し合い、あたしが話す順番が回ってきた。最近は故郷に戻っていると言っただけだけど、みんながあたしを心配している空気がわかった。今

日もみんなにおごられちゃうのかな、と思った。プレゼントを渡してそれほど時間が経っていないのに、もうバスに乗る時間が迫ってきた。そろそろ行かなきゃと言うと、誕生日の友達も妊娠初期で疲れたので一緒に帰ると言った。すると全員が帰宅する雰囲気となり、パーティーはお開きとなった。

 ひとり暮らしのbの部屋とバスターミナルが同じ方向で、あたしは彼と途中まで一緒に地下鉄に乗った。bはずっと何も言わず、あたしは何度か話しかけようとしてやめた。つり革を掴んだまま並び、お互い知らない人同士のように無言だった。窓に映った彼の姿をそっと盗み見たけれど、トンネルの中だったので正確な表情はわからなかった。あたしたちの前に座っていた人が立ち上がると、bがあたしに、座れよと言った。そして地下鉄を降りる直前、あたしの方に体を傾けて、

 ——おまえ、ファーストキスの相手、本当に誰か覚えてないの？

と言った。

 まさか、bだった？

 そう訊くこともできずスマホを触っていると、ハットグ屋の店主からメッセージが来た。

〇三六

『ミジュさんの曲、聴きました』

訊いてはいけないと思いながらも訊いてしまう。

『どうでした?』

『夜市ののど自慢大会に、出てはいけないと思いました』

彼は本当に正直な人だった。

十三

bが、あたしがプレゼントしたアロマキャンドルとカードケースを撮影して、SNSにアップした。あたしは「いいね」を押した。

十四

おばの出国の日が近づいた。いざその日が近づいてみると、ひとりでちゃんと旅行に行ってこられるのか心配になった。おばは、わざわざ市場で旅行用の腹巻きポーチ

——最近はそんなの買っても無駄だって。
　あたしはそう言って、ヨーロッパの強盗について話してあげた。ヨーロッパで強盗に遭って路地裏に連れ込まれ、ノーマネー、ノーマネーと言ったところ、強盗がお尻のポケットからしわくちゃになった紙を取り出して見せた。そこにはハングルで「ボクテネナ」と書いてあったという話だった。何がおかしかったのか、おばはしばらくの間、ボクテネナ、ボクテネナ、と言って笑った。話したあとになって、あたしはおばが不安がるかと思い、インターネットで読んだ話だからと付け加えた。どこで聞いた話かすっかり忘れたので、ネットで読んだ確率が高かった。
　おばが自分の部屋から緑色のセーターを持ってきた。
　——もう編んだの？
　——すぐ編めるさ。
　セーターはゆとりがありながらも、ちょうどいいサイズだった。
　——ルージフィットがはやっているからね。
　——ルーズフィット？

〇三八

――そう、ルージフィット。
　おばひとりでヨーロッパ旅行なんて、本当にできるのだろうか。暑いので下着のままセーターを着て鏡を見ると、おばが緑色のニットバッグを出した。
　――これも編んだの？
　――あんたが子供の頃に着ていたセーター、あれで編んだんだよ。
　――あれでどうやって？
　――どうやってって、糸をほどいて編み直したのさ。
　――そんなことができるの？
　――編み物は何でもできるの。ほどけば編み直せるんだよ。
　そんなことができるなんて、編み物ってすごい。何度も違う形になれるなんて。そう思って緑色のバッグを肩に掛けると、自分の身なりが笑えた。ショーツに緑色のセーターと緑色のバッグって、ピーターパンじゃあるまいし。おばはあたしを見て、夜中に何をふざけて笑っているのと言って部屋に戻っていった。自分は、ボクテネナ、なんて言いながら笑ってたくせに。
　おばの部屋から、英会話の声がもれ聞こえてきた。最近、部屋で熱心に何かやって

いると思ったらそれだったか。もごもごと会話をまねている声も聞こえる。フィッチ・ウェイ・イズ……。その声を聞きながら、あたしはハットグ屋の店主にメッセージを送った。『やっぱり、夜市ののど自慢大会に出てみようかと』。彼は『それだけは……』と返してきて、あたしはセーターにショーツ姿のまま、けらけら笑った。おばはもうすぐ遠いところに旅立つけれど、あたしはもう旅から帰ってきたような心地だった。悪くはない気分だな、と思った。

訳者解説

本作「夏にあたしたちが食べるもの」は、著者ソン・ジヒョンが季刊文芸誌『子音と母音』二〇二〇年夏号で発表した短編小説である。翌年刊行した短編集『夏にあたしたちが食べるもの』の表題作として収録され、同書は二〇二二年の韓国日報文学賞を受賞した。若い世代を中心に注目を集め、著者の名を一躍高める出世作となった。本作が著者にとって初の邦訳作品となる。

語り手である「あたし」は、五年前にアルバムを出したものの、さっぱり売れずバンド活動をやめたミュージシャンだ。三十歳を過ぎ、夢を追っていた友人たちがひとり、ふたりと就職へ、結婚へと舵を切る中、将来を見通せずに最低ランクの住まいと言えるコシウォンに転がり込んで周囲の同情を買っている。そんな中、育ての親であるおばから、海外旅行中に自分が経営する編み物店

の店番をしてほしいと頼まれ、やむなく帰郷。そこで昔ながらの市場に根を張って生きるおばや、ハットグ屋を営む同世代の店主との交流を通じ、新たな生き方に目を開いていくという物語だ。

作中の会話からは、人生や創作に向き合う著者の姿勢が浮かび上がる。

――力を抜いてごらん。

――あんたが力を入れるから（針が）通らないんだよ。適当にやってみな。

――指に力を抜けば糸も力が抜けるんだよ。

おばが「あたし」に編み方の基本を教える場面での言葉である。編み物は本作の重要なモチーフだ。うまく編むコツは力を抜くこと、つまり「緩み」であると言っている。

韓国の若者を取り巻く環境は厳しい。受験や就職、仕事での激しい競争。失業や貧困への恐怖。住宅取得や結婚・出産・育児。乗り越えなければならない壁は多く、肩に力を入れていなければこぼれ落ちてしまうかもしれない。日本の若者も似たような境遇にあるとはいえ、それを上回る競争社会の過酷さはしばしば報道もされている。

〇四三

著者の視線の先にあるのは、そうした社会での「勝ち組」でもなければ歯を食いしばって立ち向かおうとする人々でもない。社会から疎外された人々に温かいエールを送る、というスタンスとも違う。そうした社会から一歩距離を置き、冷静に見つめて心に「緩み」を持つこと。緩んでできた糸の隙間に針を通すように、別の世界を覗いてみること。そこからもっと多様な生き方を見出したい、それを読者とともに考えたいと思っているのではないか。

おばが「あたし」にニットバッグを渡すラストの場面は印象深い。子供のころに編んでくれたセーターをほどいて編み直したものだ。驚く「あたし」に、おばは「編み物は何でもできるの。ほどけば編み直せるんだよ」と語りかける。人生に正解はなく、生き方はさまざまだ。うまくいかなければやり直しもあり。そんな安心感と勇気をもらえる結末となっている。

一方で、本作には「語られていないこと」がいくつかあることにも気づく。たとえば、「あたし」の両親の不在だ。おばが育ての親であることがさらりと触れられ、二人の間に親子のような情感のこもった会話も交わされているけれど、両

〇四四

親の存在はどこにもない。加えて、「あたし」には名前が三つあるという不可解な記述もある。

——もともと戸籍に載っていた名前はミファで、家で呼ばれていた名前はミジョンで、哲学館でつけてくれた名前がミジュなんです。

ここにいかなる事情があるのか、作中には何の説明もない。本作は、おばが「ひと月後にヨーロッパ旅行に行く」と切り出した日から出発する直前までの、一ヵ月弱の期間をフォーカスして切り取っている。当然のことながら、登場人物にはその前にも後にも長い人生があり、さまざまな出来事を経験した（する）はずだが、それらはすべて捨象されている。

著者は初来日した二〇二三年一〇月、東京で行ったトークショーで本作に関してこんなことを語っている。

「登場人物にとって最も印象的だった出来事や風景など、これまでの人生経験を書き出した。それらをすべて小説に反映できたわけではないけれど、そうした作業を通じて人物の内面を観察すること、人物になってみる作業を楽しんだ」

本作を楽しむヒントがここにある。著者の手元には、登場人物のこれまでの人

〇四五

生——何を見たのか、何を楽しんだのか、何に感動しどんな悲しみを経てきたのか——についての詳細なメモがあるはずだ。でも、それは著者だけのものであり、読者に明かされることはない。読者はただ想像するしかない。

正解のない疑問を残すこと。これも本作の持つ「緩み」なのかもしれない。訳者として、また読者のひとりとして、私も主人公たちの人生について想像の翼を広げ、楽しむことができた。

ソン・ジヒョンは、二〇一三年に短編「パンクロックスタイルのストローのデザインに関する研究」で、東亜日報新春文芸に当選し小説家としてデビュー。二〇一九年に同作を含む初の短編集『たとえばエピローグの方式で』を、二〇二一年に短編集『キムジャン』を刊行した。

著者の人となりが伝わる著作としては、エッセイ『東海(トンへ)生活』（二〇二〇年）がある。二年間に渡り東海岸の地方都市で妹と暮らした経験をまとめたものだ。精神的にも経済的にも不安定で弱さを抱えながらも、大海原を目の前に友人たちに囲まれて生きる日常を赤裸々に綴っている。

〇四六

これまでの作品では、若者や家族に焦点を当て、心の傷や不安、関係性の歪みなどを描いてきた。ほとんどの登場人物がそれぞれ深刻な悩みを持ち、何らかの「不幸」を抱えている。未来への夢や目標を持てない自分、不倫や離婚に走る父母、自傷行為を繰り返す姉妹や友人などのほか、家族の死も繰り返し題材となっており、ある登場人物は「どうせ人生は事故の連続」とつぶやく。

だが、著者はこうした悩みや「不幸」に対して一定の距離を置き、常に客観的な視線を維持している。その結果、それぞれの人物の言動は他人から見るとどこかユーモラスで「緩み」があり、お世辞にも「立派な人」とは言いがたく見える。前述の東京でのトークショーで、著者はこうも語っている。

「強いキャラ、野望を持つようなキャラはあまりリアリティーがないと思う。人間はそれほどはっきりしたものを持っているわけではない」

人は「立派」でなくて当たり前、欠点だらけの人々が集まって社会を作っている。そうした人々の悩みや「不幸」をすっきり解決できることはほとんどなく、それを抱えたまま生き続けることが多い。正解のない著者の小説は、そうした意味で極めて日常的で現実的であり、だからこそ読者の心に響く。でも、決して希

〇四七

望を捨てているわけではない。短編集『夏にあたしたちが食べるもの』のあとがきで、著者はこんな言葉を書いている。
「明るい場所へ、ユーモアがあふれる場所へ、やがては傷のない場所へ行ってみたい」
ソン・ジヒョンの小説は、人生の苦い現実を描きながらも笑いと「緩み」があり、人の心をじんわりと温める。彼女の作品がもっと日本で紹介され、愛されることを心から願う。

著者

ソン・ジヒョン（宋知炫）

1987年ソウル生まれ。2013年に短編小説
「パンクロックスタイルのストローのデザインに関する研究」が
東亜日報新春文芸に当選しデビュー。
短編集として本作を収録した『夏にあたしたちが食べるもの』のほか、
『たとえばエピローグの方式で』『キムジャン』、
エッセイに『東海生活』がある。
明日の韓国作家賞、許筠文学作家賞、韓国日報文学賞を受賞した。

訳者

金子博昭（かねこ　ひろあき）

1965年新潟県生まれ。
新潟大学法学部卒業。延世大学韓国語学堂などに語学留学。
新潟市役所で国際交流事業の企画運営や通訳翻訳に従事。
2009年より「新潟で韓国と北朝鮮の現代小説を読む会」に参加し、
文芸作品の読解と翻訳を学ぶ。
第7回「日本語で読みたい韓国の本　翻訳コンクール」にて
最優秀賞を受賞。

韓国文学ショートショート
きむ ふなセレクション22
夏にあたしたちが食べるもの

2024年11月30日　初版第1版発行

〔著者〕ソン・ジヒョン（宋知炫）
〔訳者〕金子博昭
〔編集〕五十嵐真希
〔ブックデザイン〕鈴木千佳子
〔ＤＴＰ〕山口良二
〔印刷〕大盛印刷株式会社

〔発行人〕　永田金司　金承福
〔発行所〕　株式会社クオン
〒101-0051　東京都千代田区神田神保町1-7-3 三光堂ビル3階
電話 03-5244-5426　FAX 03-5244-5428　URL https://www.cuon.jp/

© Song Ji Hyun & Kaneko Hiroaki 2024. Printed in Japan
ISBN 978-4-910214-67-2 C0097
万一、落丁乱丁のある場合はお取替えいたします。小社までご連絡ください。

여름에 우리가 먹는 것
Copyright © 2021 by SONG JI HYUN
All rights reserved.
Japanese translation copyright © 2024 by CUON Inc.
The Japanese edition is published by Munhakdongne Publishing Corp.

―너 어릴 때 입던 스웨터, 그걸로 뜬 거야.

―그걸로 어떻게 떠?

―어떻게 뜨긴. 실 풀어서 새로 떴지.

―그게 돼?

―뜨개질은 다 돼. 풀면 새로 만들 수 있어.

그런 게 가능하다니 뜨개질은 대단하구나. 몇 번이고 다른 모양이 될 수 있다는 것이. 그런 생각을 하며 초록색 가방을 메자 정말 차림새가 웃겼다. 팬티 바람에 초록색 스웨터와 초록색 가방이라니, 무슨 피터 팬도 아니고. 나를 보며 이모가 밤에 뭐 그렇게 실없이 웃느냐고 말하고 방으로 들어갔다. 자기는 복대 내놔, 하면서 웃더니.

이모의 방에서 영어 회화 소리가 흘러나왔다. 요즘 부쩍 방에서 뭘 한다 했더니 저거였나보다. 더듬더듬 영어 회화를 따라 하는 이모의 목소리도 들렸다. 위치 웨이 이즈…… 그걸 듣다가 나는 핫도그가게 사장에게 메시지를 보냈다. '역시 야시장 노래대회에 나가볼까 해요.' 사장은 '그것만은……'이라고 답장을 했고, 나는 스웨터에 팬티 차림으로 깔깔 웃었다. 이모는 곧 먼 곳으로 떠날 예정이었고, 나는 이미 떠나온 기분이었다. 나쁘지는 않은 기분이네, 생각했다.

그러면서 나는 유럽의 강도에 대해 말해주었다. 유럽에서 강도를 만나 골목으로 끌려가서, 노 머니, 노 머니, 라고 말했더니 강도가 뒷주머니에서 꼬깃꼬깃한 종이를 꺼냈는데 거기에 '복대 내놔'라고 쓰여 있었다는 얘기였다. 이모는 웃긴지 한참을 복대 내놔, 복대 내놔, 하면서 웃었다. 얘기를 해놓고 나는 이모가 불안해할까봐 인터넷에서 본 글이라고 얼른 말해주었다. 실제로 어디서 들었는지 모를 이야기니까 인터넷이 출처일 확률이 높았다.

이모가 방에서 초록색 스웨터를 꺼내왔다.

—벌써 다 떴어?

—금방 뜨지.

스웨터는 넉넉하게 맞았다.

—루지 핏이 유행이래서 그렇게 했어.

—루즈 핏?

—그래, 루지 핏.

정말 이모 혼자서 유럽 여행을 갈 수 있을까. 더워서 팬티만 입은 채로 스웨터를 걸치고 거울을 보는데 이모가 초록색 니트 사빙을 주었다.

—이것도 뜬 거야?

물어볼 수도 없고 해서 휴대폰만 만지작거리는데, 핫도그가게 사장에게서 메시지가 왔다.

'미주씨 음악 들었어요.'

그러면 안 되는데 묻고 말았다.

'어땠어요?'

'야시장 노래 대회 나가면 안 될 것 같아요.'

그는 정말이지 솔직한 사람이었다.

13

b가 SNS에 내가 선물한 향초와 카드지갑을 찍어 올렸다. 나는 '좋아요'를 눌렀다.

14

곧 이모의 출국일이었다. 막상 날짜가 다가오니 이모 혼자 잘 다녀올 수 있을지 걱정이 됐다. 이모는 굳이 시장에서 복대를 사왔다.

―요즘은 그런 거 필요 없다니까.

고 마지막은 친구의 결혼과 임신이었다.

 서로의 근황에 대해 이야기하다보니 내 차례가 다가왔다. 요즘 고향에 내려가 있다고만 말했을 뿐인데, 다들 걱정하는 눈치였다. 나는 오늘도 얻어먹는 건가, 하고 생각했다. 선물 증정식을 한 뒤 얼마 떠들지 않은 것 같았는데 벌써 버스를 타러 가야 할 시간이 되었다. 곧 일어나야 한다고 말하자 생일인 친구도 임신 초기라 피곤하다며 같이 일어나겠다고 했다. 그러다 모두 집에 가는 분위기가 되어 자리를 파하게 되었다.

 b의 자취방과 버스 터미널이 가까워서 나는 그와 중간 지점까지 지하철을 같이 타게 되었다. b는 계속 말이 없었고, 나는 몇 번 말을 붙이려다가 말았다. 우리는 손잡이를 잡은 채 나란히 서서 모르는 사람처럼 아무런 말도 하지 않았다. 지하철 창문에 비친 그를 슬쩍 쳐다봤는데 터널을 통과하고 있어서 정확한 표정을 알 수가 없었다. 우리 앞에 앉은 사람이 일어나자 그는 나더러 앉으라고 했다. 그리고 그는 내리기 전에 내 쪽으로 몸을 숙이고,

─너 정말 첫 키스 한 사람이 누군지 기억 안 나?
라고 말했다.

 설마 b였나?

이 낯설었다. 디자이너에게도 복장 규제가 있느냐고 물었더니 아직 적응하느라 그냥 눈치껏 입고 다닌다고 했다. 한여름에 긴 면바지와 셔츠를 입은 것을 놀리며 호시절은 다 갔다고 말하자 b가 나를 가만히 보고는 말했다.

—좀 쪘어?

—응.

—보기 좋네.

—매일 핫도그를 먹었더니.

—핫도그는 왜?

나는 핫도그가게의 사장과 알고 지내게 된 일들을 이야기했다. b는,

—그새 누구랑 친해졌냐. 너도 너다.

라고 말하고는 그뒤로 내게 말을 걸지 않았다.

친구들을 만나면 여전히 변하지 않은 것들과 너무 많이 변한 것들을 동시에 알 수 있었다. 예를 들면 b는 여전히 큰 소리로 맥주를 주문하는 일을 잘하지 못했고, 나는 마른 한치를 주문했으며, 생일인 친구는 청첩장을 들고 등장했다. 친구는 술 대신 콜라를 시켰고, 우리는 초를 세 번이나 꽂아서 축하를 해주었다. 한 번은 b의 취업 축하였고, 다른 한 번은 친구의 생일, 그리

며 헤어졌다. 집에 도착하자 그에게서 메시지가 와 있었다.
 '미주씨. 고춧가루.'
 화장실로 달려가서 거울을 보니 과연 앞니에 커다란 고춧가루가 끼어 있었다.

11

 b의 취업과 친구의 생일을 겸해 축하 파티를 한다고 했다. 나는 둘에게 줄 선물로 102살롱에서 기도하는 손 모양의 향초와 늘봄가죽공방에서 갈색 카드지갑을 각각 두 개씩 샀다.
 ─핫도그는 선물을 못하네요.
라고 말하며 그에게 짧게 서울에 다녀온다고 하자 그는 내게 핫도그를 주며
 ─선물.
이라고 말했다.

12

 친구들이 좀 늦어서 b와 내가 먼저 만났다. b의 단정한 차림

데. 그는 생각에 잠긴 채로 걷다가 문득 생각난 듯 말했다.

—이모님께서 미주씨 음악한다던데.

이걸 설명하는 게 제일 싫었다.

—그냥 밴드 했는데, 망했어요.

—찾아서 들어봐도 돼요?

—뭘 허락을 받아요.

—그래도 몰래 듣고 혼자 알면 실례일 것 같아서.

—잘 안 나와요. 제목으로 검색해야 돼요.

나는 제목 몇 개를 알려주었다.

—미주씨가 노래도 해요?

—네.

—다다음주부터 주말마다 야시장 축제가 열리거든요. 그때 노래 대회도 한대요. 나가봐요, 미주씨.

그가 실실 웃으며 말해서 진심이 아니라는 걸 알 수 있었다.

—그럴까요. 상금 있어요?

—야시장 쿠폰 준대요.

—그거 받으면 제가 쏠게요.

시답잖은 농담을 주고받으며 걷자 갈림길이 나왔다. 그는 쌀집이 있는 골목으로, 나는 호프집이 있는 골목으로 손을 흔들

내가 말하자 그가 고개를 숙이고 소리 내어 웃었다. 땀을 뻘뻘 흘리며 국밥을 다 먹고 나오니 예상대로 시원했다. 그에게 시원하지 않으냐고 묻자 그는 대답 대신 미니 선풍기를 꺼냈다.

그의 집은 이모의 집과 멀지 않았다. 우리는 시장을 따라 같이 걷기로 했다. 시장 중간에 웬 철학관 간판이 세워져 있어 유심히 봤다. 간판에는 '현진철학관 (구)현모철학관 작명 궁합 운세'라고 적혀 있었다. 그걸 보며 내가 말했다.

―철학관 주인이 자기 운세를 보고 철학관 이름을 바꾼 걸까요.

―그렇겠죠? 제 이름도 철학관에서 지었어요.

―저도요. 저는 이름이 세 개였어요.

―네?

―원래 호적에 오른 이름은 미화였고, 집에서 부르던 이름은 미정이었고, 철학관에서 지은 이름이 미주예요.

―와, 미화였던 미주씨는 *상상이* 안 가네요. 그런데 이름에 다 미 자가 들어가네요.

―예쁘라고. 태어났을 때 못생겨서.

그는 아무런 대꾸도 안 했다. 보통은 지금은 예쁜데요, 라든가 어릴 때 못생기면 커서 어쩌고 같은 이야기를 하기 마련인

핫도그가게를 제외하고 일층 상점은 모두 문을 닫은 상태였다. 나는 냉장고를 정리하고 있는 그의 등을 향해 말했다.
—저 왔어요.
—어, 재료 정리했는데.
—뭐예요, 오라고 해놓고.
—어……
그는 잠시 어정쩡하게 서 있더니 냉장고에 재료를 마저 넣고 말했다.
—그럼 같이 저녁 먹을까요.

10

우리는 소머리국밥을 먹었다. 그가 덥지 않겠냐고 물어서 나는 먹고 가게 밖으로 나오면 정말 시원할 거라고 말했다. 밥을 먹으면서야 우리는 서로의 이름을 알게 됐다. 그러고 보니 같은 동네 출신이라고 통성명도 하기 전에 어떤 학교를 다녔는지부터 묻다니, 게다가 소머리국밥이라니, 참 한국인 같다고 내가 말하자 그가 소리 내지 않고 웃었다.
—잘 웃으시네요.

―이모, 이렇게 더운데 스웨터?

―생각났을 때 떠줘야지. 그동안 치수도 몰랐고.

나는 옷장을 마저 정리했다. 스무 살쯤에 입었던 옷들은 유행에 뒤처진 듯 보이면서도 유행 한가운데에 있었다. 특히 게스 부츠 컷을 버릴 땐 솔직히 좀 아까웠다. 부츠 컷의 유행이 다시 돌아왔기 때문이다. 절대 돌아올 것 같지 않은 것들이 돌아왔다. 허리 중간까지 오는 볼레로는 다행히 유행이 돌아오지 않아서 신나게 버릴 수 있었다. 남길 옷과 버릴 옷을 한참 분류하고 있는데 핫도그가게 사장에게서 메시지가 왔다.

'가게 닫았나요.'

'네. 거긴 아직 안 닫았나요.'

'네. 핫도그 드시러 오세요.'

그는 공짜예요, 라는 메시지를 하나 더 보내왔고 나는 이모에게 잠시 나갔다 온다고 말했다.

저녁인데도 더웠다. 오늘은 시장을 통과해서 걸었다. 밤의 시장이 제일 좋았다. 반짝반짝 빛나는 불빛 아래에서는 다 맛있어 보였고, 다 필요가 있는 물건처럼 보였다. 그다음으로 좋은 건 새벽의 시장. 조용한 가운데 셔터를 올리거나 천막을 여는 모습을 보는 게 좋았다.

―무섭지 않았어요? 돌아올 때.

나도 왠지 힘을 주어 말하게 되었다.

―돌아올 때 무서웠다기보다는……

그는 말을 골랐다.

―돌아오지 못할까봐 그게 내내 무서웠던 것 같아요.

나는 핫도그를 우물거리며 그 말을 곱씹었다. 한낮의 청년몰은 한산했다.

9

옷장을 정리하다 이모가 어릴 때 떠주었던 초록색 스웨터를 발견했다. 이모는 스웨터를 언제나 세―타라고 발음하곤 했다. 퇴근한 이모에게 그걸 보여주자 이모가 세―타를 새로 하나 떠주겠다며 등을 돌리고 앉으라고 했다. 이모는 줄자를 내 등에 대고 어깨와 허리, 팔 치수를 쟀다. 줄자가 목에 닿자 간지러워서 나는 어깨를 한껏 올렸다. 이모는 상관하지 않고 메모지에 숫자를 막힘없이 적고는 방에서 초록색 실을 꺼내와 뜨개질을 시작했다. 대바늘이 움직이는 소리에 집중하자니 어쩐지 눈을 밟을 때의 소리와 비슷하게 들렸다.

알게 되었고, 신기하게도 바늘이 실을 잘 빠져나왔다. 빡빡하지 않게 뜨는 게 요령이구나, 나는 혼자 고개를 끄덕끄덕하다가 결국 이게 이모가 한 말과 다름이 없다는 걸 알고는 좀 웃었다.

―잘 웃으시네요.

그가 말했고, 뭔가 들킨 기분이어서 나는 고개를 숙였다.

8

그뒤로도 그는 이모의 가게에 찾아왔다. 나도 하루에 한 번은 핫도그를 사 먹으러 갔다. 그는 나보다 세 살이 많았고, 서울에서 직장생활을 하다가 핫도그가게를 차리려고 고향인 이곳으로 돌아왔다고 했다. 돌아왔다는 얘기를 할 때 그는 힘을 주어 말했다. 알고 보니 우리는 같은 동네에 살았고 같은 중학교를 나왔는데, 학년이 겹칠 일이 없는데다 다른 학년에 아는 사람도 없어서 그 이상의 연결고리를 찾을 수 없었다. 그는 핫도그를 만드는 것보다 뜨개질에 재능이 있는 게 아닌가 싶을 정도로 금세 배워, 며칠 만에 수세미는 만들 수 있는 정도가 되었다.

하루는 그의 가게에 놓인 간이의자에 앉아 핫도그를 먹으며 물었다.

그는 내게 가게 주인이냐고 물었고 나는 이모네 가게라고 대답했다. 그가 수세미를 들고 한참을 서 있길래 들어오겠냐고 묻고 말았는데, 거절할 줄 알았던 그가 성큼 들어왔다. 이모는,
—아는 사람이야?
라고 물었고,
—핫도그가게……
라는 내 말이 끝나기도 전에 아유, 핫도그가 정말 맛있더라며 입발린 소리를 했다. 그는 천천히 내부를 돌아보았다. 그러더니 대뜸 수세미를 만드는 데 시간이 얼마나 걸리느냐고 물었다. 이모가 기초만 배우면 금방 한다고 대답하자 이번에는 강습료를 물었다.
—강습료는 없고 실 사면 그냥 알려줘요.
그 말에 그는 망설임 없이 보라색 실을 하나 사서 자리를 잡고 앉았다. 역시나 그도 사슬뜨기부터 시작했다. 그가 그러고 앉아 있으니 나도 왠지 같이 뜨개질을 해야 할 것 같아서 옆에 앉았다. 그는 몇 번 헤매더니 곧잘 했다. 이모는 그에게 본인 키만큼 사슬을 뜨라고 말했다가, 그건 너무 길다고 나를 가리키며 얘 키만큼만 뜨라고 했다. 그는 곧 내 키만큼 사슬뜨기를 해서 이모에게 보여주었다. 그러는 새에 나도 손에 힘을 푸는 법을

―가게 이어받는 거야?

―뭔 소리.

―서울에 너 없으니까 술 마실 사람이 없어.

―질척대지 마.

―아직 오려면 한 달도 더 남았지?

―영원히 안 갈 수도 있어.

―퍽이나. 다음 주말에 놀러갈까?

―오지 마.

전화를 끊자 이모가 누구냐고 물었다. b라고 대답하니 반가워했다. 이모는 b 얘기만 나오면 b와 사귀냐는 둥 결혼하라는 둥 난리였다. 그럴 일은 없다고 아무리 말해도 이모는 자신이 손주를 봐주겠다며 한참이나 앞선 얘기를 했다. 순간 b를 닮은 아이를 낳는 상상을 했는데 징그러워 죽을 뻔했다.

가게 밖에서 누가 수세미를 집어들고 얼마냐고 물었다. 나가봤더니 핫도그가게 사장이 딸기 모양 수세미를 들고 서 있었다.

―천오백원이요.

그는 지갑에서 현금을 꺼내 건네다가 내 얼굴을 보고 멈칫했나.

―어…… 쿠폰……

―애들이 삼천원짜리를 어떻게 사 먹어. 요 앞의 도넛이 천원에 열 개야.
―그럼 망하겠네.
―곧 망하겠지.

핫도그 받침 종이를 쓰레기통에 버렸다. 그뒤로도 사슬뜨기에 도전했지만 결국 포기하고 말았다.

7

b가 유튜브에 출연하게 되었다고 메시지를 보내왔다. 회사에서 유튜브 콘텐츠를 만드는데 사내 직원들이 돌아가며 한 번씩 출연한다는 것이었다. 네 앨범 홍보해줄까, 하고 묻는 b의 메시지에 오 년도 더 된 걸 이제 와서 하면 뭐해, 라고 답하자 b가 전화를 걸었다.

―근무시간 아냐?
―담배 피우러 옥상 왔어. 뭐해?
―그냥…… 이모네 가게.
―어디 말고, 뭐하냐구.
―핫도그 먹고 뜨개질 배워.

이모는 나 같은 사람은 아닌 모양이었다. 마침 손님이 들어와서 나는 뜨개질을 더 해보려고 노력하는 대신 가게에서 나왔다. 시장이 끝나는 길에서 한 블록을 더 가니 어제 간 청년몰이 나왔다. 거기까지 가자 왠지 미간을 찌푸리며 골몰해 핫도그를 튀기는 핫도그가게의 사장이 보고 싶었다. 이래서야 팔릴까 싶은, 딱 예상한 맛의 핫도그. 그 핫도그도 한번 더 먹고 싶었다.

핫도그를 사오자 이모는 애처럼 이런 걸 먹느냐고 하면서도 자기 몫의 핫도그를 잘 먹었다. 오늘은 칠리핫도그를 사보았는데 오리지널보다는 좀 나았다. 약간의 개성이 느껴진달까.

—이모, 맛있어?

—그냥 사왔으니까 먹는 거지. 이런 거 안 좋아해.

—이거 팔릴까?

—이런 건 위치가 중요하지 않나.

—청년몰에서 사왔어.

—거기 위치 별로야.

—초등학교 앞인데도?

—이거 얼만데?

—삼천원.

―……

―꼭 쥐면 오히려 놓치는 거야. 대충 해.

이모는 말하는 동안에도 계속해서 바늘과 실을 움직였고 금방 딸기 모양의 수세미 하나가 완성되었다. 이모는 딸기 모양의 수세미를 몇 개 더 만든 뒤에 오렌지 모양과 수박 모양의 수세미도 만들었다. 엄청난 속도였다.

―수세미는 앞에 내놓고 천오백원씩 받아서 팔면 돼.

―파는 거였어?

―그럼 뭐하러 만드니.

그러게, 뭐하러 만들까. 모든 게 팔리려고 만들어지는데, 안 팔리는 건 문제가 있는 것 아닐까. 이왕 이런 시대에 태어난 거, 잘 팔리는 걸 만드는 능력이 있으면 좋을 텐데. 능력의 문제가 아닌 것 같기도 했다. 뭐랄까, 안목이랄까 선택이랄까, 애초에 그런 게 잘못된 느낌이었다. 매번 실패하는 투자자처럼 시장성 없는 것에만 자신을 투신하는 안목. 실패하리라는 걸 알면서도 다른 선택지를 고를 수 있는 상황에서 같은 선택을 한번 더 하는 사람.

―잘 팔려?

―생각보다 팔려.

했다. 학교엔 새로운 건물이 하나 더 생겨 있었다. 건물 외부에 정말 긴 계단이 있어서 멋지다고 생각했다. 학교 울타리를 따라 한 바퀴 돌아본 뒤에 귀가했다.

6

다음날엔 이모와 같이 뜨개방으로 출근했다. 이모는 내게 코바늘을 쥐여주더니 사슬뜨기를 알려주었다. 이게 제일 기초라고, 내 키만큼 떠보라고 했는데 쉽지가 않았다. 아무리 꽉 쥐어도 실은 손에서 자꾸 빠져나갔고, 바늘은 힘을 주어 흔들어 빼도 요지부동이었다. 나는 실과 바늘을 내려놓고 평상에 누웠다. 이모가 수세미를 뜨며 말했다.

—힘을 빼.

—아무리 빼도 안 돼.

—네가 힘을 빼야 실도 힘을 빼지.

—그게 내 맘대로 안 된다니까.

—실이 네 손에서 빠져나가도 괜찮다는 생각으로 쥐어. 그럼 실에 사연스레 공간이 생겨나. 그 사이로 바늘을 통과시키면 돼.

잡혔다. 핫도그를 다 튀기고는 내게 물었다.

—설탕에 굴려드릴까요.

—그냥 주세요.

설탕에 굴린다는 말이 웃겨서 나는 좀 웃었다. 그나저나 핫도그를 설탕에 굴려 먹는 사람도 있나. 그는 핫도그에 케첩과 머스터드를 정성스레 뿌린 다음 내게 건네주었다. 핫도그를 들고 가려는데 내 등뒤에서 그가 외쳤다.

—쿠폰 있는데 찍어드릴까요?

나는 괜찮다고 대답하고는 청년몰을 나왔다. 여긴 원래 어떤 건물이었지 생각하면서 핫도그를 한입 먹었다. 평범한 맛이었고, 날이 더워서인지 더 별로였다. 이래서야 팔릴까, 잠시 고민했지만 내 가게도 아니었다. 나는 그냥 다시 하염없이 걸었다. 내친김에 고등학교까지 걸어볼 생각이었다. 걸으면서 내가 처음으로 음반을 샀던 가게를 지났다. 간판은 같았지만 더이상 음반을 파는 것 같지는 않았다. 기타를 배웠던 학원도 사라진 듯했다. 첫 키스를 했던 공원을 지나는데 그때의 순간은 생생히 기억나면서도 대체 상대가 누구였는지 도통 생각이 나지 않았다. b에게 물어봤더니 b는 대낮부터 뭘 그런 걸 묻냐고 했다. 그쯤에서 핫도그 받침 종이를 쓰레기통에 버렸고, 곧 고등학교에 도착

많이 나는 것일까, 악력이 모자란 것일까? 나는 몸을 돌려 철봉에 발을 올리고 거꾸로 매달려봤다. 거꾸로 매달려 있는 건 쉬웠다. 그렇게 매달린 채 주변을 둘러보니 청년몰이라는 글자가 거꾸로 보였다. 나는 철봉에서 내려와 휴대폰과 지갑을 챙기고 학교를 빠져나왔다.

청년몰 일층엔 늘봄가죽공방과 102살롱, 핫도그가게가 있었다. 102살롱은 향초를 만드는 가게였다. 안에 들어가보니 생각보다 초의 모양이 다양했다. 특히 기도하는 손 모양의 초가 마음에 들었다. 한쪽 구석엔 원데이 클래스 일정이 적혀 있었는데 모두 한낮에 진행되었다. 주인에게 꾸벅 인사를 하고 나왔다. 늘봄가죽공방도 구경할까 하다가 나는 그냥 핫도그가게로 향했다. 핫도그가게는 이름이 그냥 핫도그가게였다. 오리지널 이천오백원, 칠리핫도그 삼천원, 빅핫도그 사천원 등으로 무난한 가격이었다. 사장으로 보이는 남자는 내 또래 같았다.

―오리지널 하나 주세요.

―한번 더 튀겨드릴게요.

그는 진열돼 있는 핫도그들 중에서 하나를 골라 기름이 든 솥 안에 넣고 집중해 튀겼다. 어찌나 진지한지 미간에 주름까지를 잘 키우진 못했던 것 같다. 초롱이는 자궁축농증을 앓다가 죽었다.

부엌은 깔끔하게 정돈돼 있었다. 식탁 위에 만원짜리 한 장과 함께 메모가 놓여 있었는데, 메모에는 '널 믿은 내가 바보다'라고 적혀 있었다. 나는 그걸 반으로 접어서 만원과 함께 지갑에 넣었다. 대충 세수와 양치를 하고 밖으로 나가니 날이 더웠다. 이 더운 날 만원으로 뭘 하지, 생각하다 일단은 모교 쪽으로 걸었다. 초등학교와 중학교는 붙어 있고 고등학교는 좀 멀리 있어서 초등학교 쪽으로 걷기로 했다.

b에게서 '다음주부터 출근'이라는 메시지가 왔다. 내가 '쏴'라고 답장하자 그는 서울에 언제 오느냐고 다시 메시지를 보내왔다. 문득 화가 나서 '안 가'라고 보내려다가 말았다. 왜 화가 나는지 모를 일이었다. 씩씩대며 걷다보니 어느새 초등학교 운동장에 도착했다. 나는 운동장을 가로질러 철봉 쪽으로 갔다. 바닥에 휴대폰과 지갑을 내려놓고 철봉에 매달렸다. 학생 때 체력장을 하면 남자애들은 철봉 종목으로 턱걸이를, 여자애들은 매달리기를 했다. 그땐 매달리는 게 하나도 힘들지 않아서 학급 신기록을 세울 정도로 대롱대롱 잘 매달려 있었다. 지금은 다른 건 둘째 치고 손이 미끄러져서 매달리기가 힘들었다. 손에 땀이

─……늙었어.
─서른이 넘었으니까 늙지.
─계속 애기 같으면 좋겠어.
나는 이모를 뒤에서 껴안고 등뒤에 머리를 묻었다.
─이모, 나 서울 가지 말고 이모랑 살까?
─징그러운 소리 하지 마. 이제 음악 안 해?
우리는 그뒤로 아무 말도 하지 않아서 쇼호스트가 하는 말만 잠자코 들어야 했다.

5

눈을 떠보니 이불이 덮여 있었다. 뜨개방 옆의 민속이불집에서 산 게 분명했다. 디자인은 좀 그랬지만 폭신폭신하니 촉감은 좋았다. 일어나서 거실 커튼을 쳤다. 처음 보는 식물들이 베란다에 많았다. 천장까지 자란 나무도 있었다. 이모는 왜 이렇게 뭘 키우는 거지. 내가 어렸을 때는 개도 한 마리 키웠었다. 몰티즈였는데 우리는 초롱이라는 흔한 이름을 붙여주었다. 초롱이는 예민해서 작은 소리에도 잘 짖었다. 그때는 지금처럼 개를 키우는 방법에 대해 쉽게 알 수 있는 때가 아니었다. 우리는 초몽이

나는 옆에 놓인 까만 표지의 설명서를 집어들었다. 과연 설명서에 나온 음식들은 어마어마했지만 실제로는 모두 오븐 같은 게 필요한 요리들이었다. 쭉 훑어보고 나서,
—에어 프라이어를 사지.
라고 말하자 이모의 심기가 불편해졌다. 나는 밥을 먹는 동안 고등어찜이 정말 맛있다며, 뜨개방을 접고 백반집을 해도 되겠다고 말했다. 비록 저 찜기로 고등어찜을 하려면 이십오 분이나 걸려서 배고픈 손님들은 모두 화를 내고 나가버릴 것 같았지만.

 저녁을 배불리 먹고 나는 거실에 누웠다. 이모가 자꾸 설거지를 하려고 해서 내가 이따 한다고, 놔두라고 했다. 그러자 이모도 내 옆에 누웠다. 리모컨을 계속 돌려봐도 볼만한 티브이 프로그램이 없어서 이모에게 리모컨을 넘겼다. 이모가 선택한 것은 홈 쇼핑 채널이었다. 쇼호스트가 게스트와 함께 얼굴에 파운데이션을 바르고 있었다.

—너 하나 사줄까?
이모가 등을 돌린 채 물었다.
—됐어. 요즘은 화장 안 하는 게 대세야.
—뭐 그런 대세가 다 있냐. 너도 예쁘게 하고 다녀.
—나 안 예뻐?

큰 접시와 장부가 놓여 있었다. 나는 장부를 들춰보며 말했다.

―이모 여행 가면 내가 실도 주문해야 되는 거 아냐?

―요즘엔 다 인터넷으로 사.

―그럼 여기선 뭘 사는데?

―여기서도 가끔 사긴 하지.

이모는 소형 청소기로 바닥에 떨어진 실을 대충 정리한 뒤 가게문 닫는 법을 알려주었다. 셔터에는 작은 새 모양의 구멍이 일정한 간격으로 나 있었다.

―셔터 예쁘다.

―한 지 얼마 안 됐어.

―누가 실 훔치러 와?

―아니. 그래도 해놔야 안심이 돼서.

4

이모는 각종 양념을 버무린 고등어를 희한하게 생긴 전기 찜기로 쪘다.

―또 샀어?

―얘, 그거 책자 봐봐라. 할 수 있는 게 어마어마해.

었다. 이모는 가게문을 일찍 닫고 집에 들어가 저녁을 차려 먹자고 했다. 메뉴는 고등어김치찜과 콩나물볶음, 그리고 칠게볶음. 이모가 말했다.

―너 칠게볶음 좋아했잖아.

―내가?

―맨날 싸달라고 했잖아.

그건 사실이었다. 한번은 이모가 도시락 반찬으로 칠게볶음을 싸준 적이 있었는데, 그게 그날 아이들 사이에서 선풍적인 인기를 끌었다. 아이들은 그렇게 작은 게는 처음 보았다며, 게를 통째로 씹어 먹어야 한다는 것을 신기해했다. 은근히 징그럽게 느껴지는 게를 자신이 씹어 삼켰다는, 일종의 승리감도 한몫한 것 같았다. 나는 그뒤로도 몇 번이고 이모에게 그걸 싸달라고 했다. 하지만 아이들의 관심은 얼마 안 돼 새로운 메뉴로 떠났고, 정작 나는 칠게볶음을 좋아하지 않았다. 그런 얘길 이모에게 하지 않았나보군.

내가 가게문 옆에 앉아 그 얘기를 하는 동안 이모는 가게를 정리했다. 가게의 세 벽은 천장까지 색색의 실이 쌓여 있었고 가운데엔 누울 수도 있는 큰 평상이 있었다. 평상 위에는 작은 탁상이 하나 있었는데, 이모가 쓰는 여러 바늘과 쪽가위가 담긴

일까, 라는 의문은 뒤로하고 입구에 들어서서 희미하게 웃고 있는 것 같은 돼지 사체 옆을 지나가면 순간적으로 입맛이 떨어지기 마련이었다. 하지만 소머리국밥을 한 숟가락 뜨면 입맛은 바로 돌아왔고, 뭐 사실 돼지머리 같은 거야 크게 상관없게 되는 것이다. 민속이불집의 경우 주고객은 결국 시장 사람들로, 이모의 집에도 연두색 여름 러플 이불과 커다란 꽃이 그려진 보라색 극세사 이불이 있었다. 어릴 땐 그걸 덮으면서 이모의 집은 임시로 머물 곳이고 언젠가 나도 내 취향의 이불을 켜켜이 쌓아둔 내 집이 생기겠지, 라고 생각했는데……

이모는 내가 도착하자마자 시장을 돌아다니면서 나를 소개시켰다. 얘가 내 딸이야, 응, 내가 키웠으니 내 딸이지, 얘는 음악 해, 앨범도 냈어, 앨범 이름이 뭐더라, 하여튼 유튜브에 검색해봐, 이런 식이었다. 나는 이모 옆에서 인사를 꾸벅꾸벅하며 유튜브엔 잘 안 나와요, 멜론에는 있어요, 근데 안 들으셔도 되는데, 사인이요, 하하 어디 쓰시려고, 를 반복했다. 그렇게 반찬가게, 생선가게, 신발가게에 내 사인이 붙게 되었다.

이모는 나를 데리고 다니면서 고등어와 콩나물, 칠게볶음을 샀다. 내게 신발을 사주려는 것은 필사적으로 막았다. 신발 디자인이 하나같이 시대를 너무 앞섰거나 너무 뒤처졌기 때문이

말한 적도 있다. 실제로는 한 톨의 원망도 없는데 나는 그런 말을 자주 한다. 진짜로 죽이고 싶은 사람들은 따로 있다. 나는 남을 죽이고 내 인생이 망가지는 악몽을 자주 꾼다. 악몽 속의 나는 항상 사소한 실수로 살인을 한다. 원망 때문에도 증오 때문에도 아니다. 그런 실수로 인생이 망가져버리는 것을 두고 볼 수가 없어서 나는 시체를 유기한다. 하지만 결국 진실은 밝혀지는 법. 그런 꿈을 꾸다 깨어나면 그렇게 안도될 수가 없다. 내 인생이 망가지지 않았다는 것이…… 그런데 망가지지 않은 것이 맞나? 어쨌든.

그래서, 나는 휴먼고시원의 생활을 정리하고 뜨개방 일도 미리 배울 겸 고향으로 내려오게 된 거였다.

3

이모의 뜨개방은 재래시장의 긴 골목에 위치한 작은 가게다. 왼쪽엔 원조소머리국밥집이, 오른쪽엔 민속이불집이 있는데, 원조소머리국밥집의 국밥은 맛있고 민속이불집의 이불은 촌스럽다. 원조소머리국밥집의 단점은 돼지머리를 대야에 담아 입구에 둔다는 것이다. 소머리국밥집인데 대체 왜 돼지머리가 있는 것

—웬 면접?

—아는 형 회사에 디자이너 자리 났대서.

—너 하던 작업은?

—……그건 나중에도 할 수 있으니까.

—뭐야, 비장하게 말하지 마. 구려.

우리는 웃었고, 그의 입사를 기원하며 잔을 부딪쳤다. 하지만 나는 내심 그가 취직하지 못해 자신의 작업을 계속해나가기를 바랐다. 그런 마음을 들키지 않으려고 맥주를 연거푸 마시다보니 여느 때처럼 취해버렸고, 술집에서 나와 엿장수의 수레 앞에서 춤을 추려는 것을 b가 만류했다. 그리고 암전.

2

그래서, 라는 접속부사를 좋아한다. 왠지 그래서, 라고 말하면 모든 말의 앞뒤가 맞아지는 것 같다. 별로 궁금하지 않은 이야기를 들을 때도 그래서? 라고 되물으면 훌륭한 경청의 모습을 보여줄 수 있다. 그렇기 때문에 b는 내가 그래서? 라고 물으면 자신의 이야기에 흥미가 없다는 걸 단번에 알아차린다. b는 나에 대해 너무 많이 알고 있다. 그래서 죽어줘야겠어, 라고 b에게 그는 골똘히 생각하더니 대답했다.

—그건 그래.

그는 그건 그렇다는 대답과는 별개로 모둠 튀김을 시켰다. 음, 모둠 튀김도 좋은 안주지. 그러고 보면 사람들이 안주를 고르는 기준은 뭘까? 안주는 대부분 무난하고 맛있지 않나. 무언가를 고른다는 건 그 대상이 선택된다는 것. 안주마저도 선택되고 있는데 나만 비껴가고 있는 느낌. 말하자면 나는 한치랄까. 튀김류나 찌개류는 가성비와 대중적 입맛 면에서 뛰어나기 때문에 선택되기 쉽지만 한치는 나처럼 돈 아까운 줄 모르는 애나 시켜 먹는 것이기 때문에. 그러고 보면 참 한치 같은 인생이네, 생각하며 한치 몸통을 씹고 있는데 b가 말했다.

—평일에 웬일이야?

—어. 그냥.

—설마 평일인 줄 몰랐냐?

—그런 셈이지.

그는 날 흘겨보더니 아, 맥주 시키는 거 깜빡했다, 고 말했다. 나는 크게 소리를 질러 맥주를 주문해주었다. 그리고 물었다.

—넌 평일에 웬 정장?

—면접 봤어.

곳도 아니고 먼고라니. 창이 얇아선지 에어컨을 틀어도 영 시원해지지 않았고, 아, 이곳을 좀 떠나고 싶다, 그런데 이곳이란 게 고시원인가, 서울인가, 내가 떠나고 싶은 곳이 정확히 어디지, 그런 생각을 할 때였다.

이모는 휴대폰 너머로 다짜고짜 이렇게 말했다.

—얘, 나 여행 갈 동안 우리 뜨개방 좀 봐줘.

—내가 거길 어떻게 봐.

—그냥 정해진 시간에 열어두기만 하면 돼.

—사람들이 뭐 물어보면 어떡해.

—어차피 다 고수야. 다들 알아서 뜨개질하면서 수다나 떨어.

—생각 좀 해보고.

전화를 끊고 나서 혼자 고민하고 있자니 머리만 복잡해져서 고교 동창인 b를 불러냈다. b가 좀 멀리 사는 탓에 나는 만나기로 한 맥줏집에 미리 가서 앉아 있었다. 안주도 인테리어도 별 볼 일 없지만 미리 일러둔 맥주잔을 내주는 것이 좋아서 자주 오는 곳이었다. 맥주 한 잔에 말린 한치를 시켜서 먹고 있으니 b가 도착했다. 정장 차림의 그는 한치를 보자마자 날 타박했다.

—난 술집에서 한치 시키는 게 그렇게 돈 아깝더라.

—그렇다고 한치를 집에서 먹게 되진 않잖아.

1

 이모가 전화를 걸어와 한 달 뒤에 유럽 여행을 갈 예정이라고 말했을 때 나는 휴먼고시원의 침대에 누워 있었다. 내 방엔 다행히 창문이 있었고, '휴먼고시원' 중 '먼고' 두 글자가 창문에 거꾸로 붙어 있었다. 월세방 계약이 만료되어 새 방을 구하는 중에 잠깐 머무는 것이었는데, 고시원이라는 단어가 가진 임팩트는 대단했다. 주변 사람들이 날 자꾸 불러내어 밥이나 술을 사줬다. 밥이나 술을 얻어먹고 새벽의 고시원 복도를 살금살금 걸어 돌아올 때면, 임시라는 사실이 얼마나 안도가 되던지. 그런 날엔 아무나 붙잡고 묻고 싶어졌다. 어떻습니까, 우리 모두 이곳을 임시로 거쳐가는 것이 맞겠시요, 휴먼?

 그랬지만, 사실은 고시원과 다를 바 없는 방 정도를 구할 수 있는 사정이라 조금 슬펐다. 그래서 그날은 아무 약속도 잡지 않고 그냥 침대에 누워서 '먼고'만 바라보고 있었던 것이다. 먼

여름에 우리가 먹는 것

송지현